어느 농사꾼의 별에서

창비시선 241

어느 농사꾼의 별에서

초판 1쇄 발행 / 2005년 1월 20일
초판 9쇄 발행 / 2025년 6월 5일

지은이 / 이상국
펴낸이 / 염종선
편집 / 고형렬 김정혜 문경미 안병률 김현숙
미술·조판 / 윤종윤 신혜원
펴낸곳 / (주)창비
등록 / 1986년 8월 5일 제85호
주소 / 10881 경기도 파주시 회동길 184
전화 / 031-955-3333
팩시밀리 / 영업 031-955-3399 편집 031-955-3400
홈페이지 / www.changbi.com
전자우편 / lit@changbi.com

어느 농사꾼의 별에서

이 상 국 시 집

창비

차 례

제5부

제1부

살구꽃

살구꽃이 피었습니다
서문리 이장네 마당
짚가리에 기대어 피었습니다
지난겨울
발 시려운 새들 찾아와
앉았다 간 자리마다
붉은 꽃이 피었습니다

봄나무

나무는 몸이 아팠다
눈보라에 상처를 입은 곳이나
빗방울들에게 얻어맞았던 곳들이
오래전부터 근지러웠다
땅속 깊은 곳을 오르내리며
겨우내 몸을 덥히던 물이
이제는 갑갑하다고
한사코 나가고 싶어하거나
살을 에는 바람과 외로움을 견디며
봄이 오면 정말 좋은 일이 있을 거라고
스스로에게 했던 말들이
그를 못 견디게 들볶았기 때문이다
그런 마음의 헌데 자리가 아플 때마다
그는 하나씩 이파리를 피웠다

오래된 사랑

백담사 농암장실 뒤뜰에
팥배나무꽃 피었습니다
길 가다가 돌부리를 걷어찬 듯
화안하게 피었습니다
여기까지 오는 데
몇백년이나 걸렸는지 모르지만
햇살이 부처님 아랫도리까지 못살게 구는 절 마당에서
아예 몸을 망치기로 작정한 듯
지나가는 바람에도
제 속을 다 내보일 때마다
이파리들이 온몸으로 가려주었습니다
그 오래된 사랑을
절 기둥에 기대어
눈이 시리도록 바라봐주었습니다

물푸레나무에게 쓰는 편지

너의 이파리는 푸르다
피가 푸르기 때문이다
작년에 그랬던 것처럼
잎 뒤에 숨어 꽃은 오월에 피고
가지들은 올해도 바람에 흔들린다
같은 별의 물을 마시며
같은 햇빛 아래 사는데
네 몸은 푸르고
상처를 내고 바라보면
나는 온몸이 꽃이다
오월이 오고 또 오면
언젠가 우리가 서로
몸을 바꿀 날이 있겠지
그게 즐거워서
너에게 편지를 쓴다

새벽강에서

밤에 무슨 일이 있었을까
나무와 풀들이
서로 모르게
몸에 묻은 피를 씻어내고 있다

어둠속에서 무슨 일이 있었는지
하늘도 강에 내려와
찬물에 아랫도리를 씻는 새벽

누가 밤새 울던 소 같은 밤을
강가에 내다 매고 돌아간다

어둠을 내다 버리고 돌아간다

별 만드는 나무들

설악산 수렴동 들어가면
별 만드는 나무들이 있다
단풍나무에서는 단풍별이
떡갈나무에선 떡갈나무 이파리만한 별이 올라가
어떤 별은 삶처럼 빛나고
또 어떤 별은 죽음처럼 반짝이다가
생을 마치고 떨어지면
나무들이 그 별을 다시 받아내는데
별만큼 나무가 많은 것도 다 그 때문이다
산에서 자본 사람은 알겠지만
밤에도 숲이 물결처럼 술렁이는 건
나무들이 별 수리하느라 그러는 것이다

반달곰을 그리워하며

내년에라도 철쭉 필 때
황철봉 지나 마등령 골짜기에서
가재를 잡고 있는 그를 보면
못 본 체하고 지나가자
그가 아직 처녀의 몸으로
굴참나무 뒤로 수줍게 몸을 숨기거나
혹은 어린 자식들 데리고
저항령 가을에 도토리를 줍고 있더라도
그냥 지나가자
나무가 우리더러 무엇을 달라고 하지는 않으나
산새들이 우리더러 산을 나가라고 하지는 않으나
산의 주인은 그들이고
우리는 이 산을 잠시 지나가는
또다른 짐승일 뿐이니
언젠가 그를 다시 보게 되면
나무가 나무를 보듯
짐승이 짐승을 보듯 그렇게 지나가자

성자(聖者)

곡우 무렵 산에 갔다가
고로쇠나무에 상처를 내고
피를 받아내는 사람들을 보았다
그렇게 많은 것을 가지고도
무엇이 모자라서 사람들은
나무의 몸에까지 손을 집어넣는지,
능욕 같은 그 무엇이
몸을 뚫고 들어와
자신을 받아내는 동안
알몸에 크고 작은 물통을 차고
하늘을 우러르고 있는 그가
내게는 우주의 성자처럼 보였다

하늘의 집

전깃줄에 닿는다고
인부들이 느티나무를 베던 날
아파트가 있기 전부터 동네를 지키던 나무는
전기톱이 돌아가자 순식간에 쓰러졌다
옛날 사람들은 가지 하나를 꺾어도 미안하다고
나무 밑동에 돌멩이를 던져주었고
뒤란 밤나무를 베던 날
아버지는 연신 헛기침을 하며
흙으로 그 몸을 덮어주는 걸 보았는데
느티나무의 숨이 끊어지자 인부들은
그 커다란 몸을 생선처럼 토막내 싣고 갔다
이파리들의 그늘에 와 쉬어가던 무성한 여름과
동네 새들이 깃들이던 하늘의 집을
그렇게 어디론가 싣고 가버렸다

겨울 남해에서

이 절도 다 됐구나

뒷산에서는 물오른 동백이 백댄서처럼 몸을 흔들고
절마당 아래까지 술집이 들앉았으니
한때는 힘깨나 썼을 부처가 오빠처럼 보이는구나

내 오늘 늙은 기러기처럼 이 땅을 지나가며
절집만 봐도 생이 헌 옷 같고
나라가 다 측은하다만
혹 다시 못 오더라도
월경처럼 붉은 꽃들아
해마다 국토의 아랫도리를 적시고
또 적시거라

연민

흐르는 강이 나이를 자시면
무엇이 되는지
양양 남대천 물너름에 와서 보아라
한때는 살을 내줄 것 같던 사랑이나
몸을 내던지며 울던 슬픔도
생의 굽이굽이를 돌며 치이고 닳아
이제는 모래처럼 순해졌으니
산그림자 속으로 새들 돌아가고
저무는 강둑에서 제 몸 비춰보는 저것,
자식낳이 다한 어머니처럼
거대한 자궁을 열어놓고
혼잣노래 하는
저 오래된 연민을 보아라

그곳

나무들도 엉덩이가 있다
새벽 숲에 가면 군데군데 쭈그리고 앉아
볼일 보는 나무들을 볼 수 있는데
그런 날 아침은 산이 향기로 가득하다

내 사는 설악의 엉덩이는 얼마나 깊고 털이 무성한지
내 그것과는 감히 견줄 수가 없다
또 어떤 날은 미시령을 넘어가며
달도 엉덩이를 보일 때가 있는데
그 모습이 하도 아름답고 섹시해서
나는 며칠씩 앓기도 한다

모든 것들은 엉덩이가 있고
우리는 모두 그곳에서 왔는데
하늘은 발 디딜 데가 없으므로
더러 구름이나 새를 보내거나
오줌 소나기로 강을 닦아놓고는
자신의 엉덩이를 비춰보고는 한다

가라피*의 밤

가라피의 어둠은 짐승 같아서
외딴 곳에서 마주치면 서로 놀라기도 하고
서늘하고 퀴퀴한 냄새까지 난다
나는 그 옆구리에 누워 털을 뽑아보기도 하고
목덜미에 올라타보기도 하는데
이 산속에서는 그가 제왕이고
상당한 세월과 재산을 불야성에 바치고
어느날 앞이 캄캄해서야 나는
겨우 그의 버러지 같은 신하가 되었다
날마다 저녁 밥숟갈을 빼기 무섭게
산을 내려오는 시커먼 밤에게
구렁이처럼 친친 감겨 숨이 막히거나
커다란 젖통에 눌린 남자처럼 허우적거리면서도
나는 전깃불에 겁먹은 어둠들이 모여 사는
산 너머 후레자식 같은 세상을 생각하고는 했다
또 어떤 날은 산이 노루새끼처럼 낑낑거리는 바람에
나가보면

늙은 어둠이 수천 길 제 몸속의 벼랑에서 몸을 던지거나
   햇어둠이 옻처럼 검은 피칠을 하고 태어나는 걸 보기
도 했는데
   나는 그것들과 냇가에서 서로 몸을 씻어주기도 했다
   나는 너무 밝은 세상에서 눈을 버렸고
   생각과 마음을 감출 수 없었지만
   이곳에서는 어둠을 옷처럼 입고 다녔으므로
   나도 나를 잘 알아볼 수가 없었다
   밤마다 어둠이 더운 고기를 삼키듯 나를 삼키면
   그 큰 짐승 안에서 캄캄한 무지를 꿈꾸거나
   내 속에 차오르는 어둠으로
   나는 때로 반딧불이처럼 깜박거리며
   가라피를 날아다니고는 했다

   * 양양 오색에 있는 산골 마을.

제2부

어느 농사꾼의 별에서

감자를 묻고 나서
삽등으로 구덩이를 다지면
뒷산이 꽝꽝 울리던 별

겨울은 해마다 닥나무 글거리에 몸을 다치며
짐승처럼 와서는
헛간이나 덕석가리 아래 자리를 잡았는데
천방 너머 개울은 물고기들 다친다고
두터운 얼음옷을 꺼내 입히고는
달빛 아래 먼길을 떠나고는 했다

어떤 날은 잠이 안 와
입김으로 봉창 유리를 닦고 내다보면
별의 가장자리에 매달려 봄을 기다리던 마을의 어른
들이
별똥이 되어 더 따뜻한 곳으로 날아가는 게 보였다

하늘에서는 다른 별도 반짝였지만
우리 별처럼 부지런한 별도 없었다

그래도 소한만 지나면 벌써 거름지게 세워놓고
아버지는 별이 빨리 돌지 않는다며
가래를 돋워대고는 했는데

그런 날 새벽 여물 끓이는 아랫목에서
지게 작대기처럼 빳빳한 자지를 주물럭거리다 나가
보면
마당에 눈이 가득했다

나는 그 별에서 소년으로 살았다

연어

저 물소리 따라가면
어머이가 계실까

다듬이질 소리 들리는
쪽마루에 나를 태우고
먼바다로 미신 후
아직 기다리고 계실까

부뚜막에 밥 한 그릇 묻혀 있을까

뒤란 바람벽에
나무 그림자 푸르게 일렁이던
우리 집이 거기 있을까

진부령

내 스무살
저 지랄 같은 새벽,
아버지 소 판 돈 몰래 들고
서울 가는 디젤버스 기름 냄새에
개처럼 헐떡이며 넘던 영.
그 큰 소 다 털어먹고
추석명절 달그늘만 믿고 돌아오던 날
먼지 낀 차창을 손바닥으로 문지르며
면목없는 얼굴을 비춰보다가
고개말랑 이르면 눈물나던 영.

감자떡

하지가 지나면
성한 감자는 장에 나가고
다치고 못난 것들은 독에 들어가
가을까지 몸을 썩혔다
헌 옷 벗듯 껍질을 벗고
물에 수십번 육신을 씻고 나서야
그들은 분보다 더 고운 가루가 되는데

이를테면 그것은 흙의 영혼 같은 것인데

강선리 늙은 형수님은 아직도
시어머니 제삿날 그걸로 떡을 쪄서
우리를 먹이신다

여름

산을 내려온 바람이
멧돼지처럼 옥수수밭을 뒤지고 다니는 저녁이다

하루살이들 이악스럽게 달려드는 멍석마당에서
하늘의 별들이 가끔 더 먼 곳으로 날아가는 걸 바라
보며
어머니는 감자를 깎으시고
오뉴월 하루 볕이 다른데
어디 보자며
불쑥 사타구니에 손을 넣어
감자톨 같은 내 불알을 만져보시던

아버지야 아버지야

벽에 기대어

때로는 벽에 기대어 시무룩하게 바라보면
형님은 또 담배를 붙여 물고
그림자처럼 앉았던 형수는 저것 보라며
슬픈 주먹총을 놓는 거였다

암종 든 한쪽 폐를 병원에 버리고 와서도
담배를 두려워 않는 저이,
뜯어낸 늑골 때문에
생이 자꾸 한쪽으로 기울면
기우는 그 반대편에 삶의 온갖 잡동사니들을 얹어
용케 균형을 잡아가는 늙은 전사

낡은 형광등이 찌르레기처럼 운다
큰조카는 괜히 날이 너무 가물지요 하고
누구에랄 것도 없이 묻고는
그 공허한 뒤끝을 허물려고
연신 손으로 파리를 낚아채는 시늉을 하는데

해 지고 나면
땅거미가 들과 마을을 차례로 덮어오듯
한발 다가오는 거대한 그 무엇과
겁 없이 맞서는 형님의 적막한 싸움을
나는 또 천치처럼 바라볼 뿐이었다

봉평에서 국수를 먹다

봉평에서 국수를 먹는다
삐걱이는 평상에 엉덩이를 붙이고
한 그릇에 천원짜리 국수를 먹는다
올챙이처럼 꼬물거리는 면발에
우리나라 가을 햇살처럼 매운 고추
숭숭 썰어 넣은 간장 한 숟가락 넣고
오가는 이들과 눈을 맞추며 국수를 먹는다
어디서 많이 본 듯한 사람들
또 어디선가 살아본 듯한 세상의
장바닥에 앉아 올챙이국수*를 먹는다
국수 마는 아주머니의 가락지처럼 터진 손가락과
헐렁한 셔츠 안에서 출렁이는 젖통을 보며
먹어도 배고픈 국수를 먹는다
왁자지껄 만났다 흩어지는 바람과
흙 묻은 안부를 말아 국수를 먹는다

* 옥수수로 만든 국수.

입동(立冬)

근대국을 끓여 먹고
마당의 어둠을 내다본다

근대국은 텁텁하고 또 쓸쓸하다

그 속에는 한여름 소나기와 자벌레의 고투와
밤하늘의 별빛이 들어 있다

비가 마당을 깨끗하게 쓸고 간 저녁
누군가 어둠을 바라보며 근대국을 먹는다는 것은
어딘가 깊은 곳을 건너간다는 것이다

영덕에서 개와 싸우다

해남까지 갔다가
너무 멀리 온 것 같아 돌아선 길
진주 포항 지나 영덕(迎德)에 오니 해가 진다
생은 길고 겨울해는 짧으니
오늘은 여기서 묵어가자

누군가 버스 뒤켠에서
엉덩이를 빼고 오줌을 누고 있는 터미널
어둑어둑한 마당을 나오는데
내가 절 보는 마음을 어떻게 알았던지
한쪽 다리를 저는 개 한마리
연신 힐끔거리며 어둠속으로 들어간다

저것도 몸 때문에 마음을 버렸구나
삶아 썰면 열댓 근은 되겠다

나도 여기까지 왔다

모든 생은 얼마쯤 불구이고
불구는 불구를 피하고 싶어하므로
겨울 남해를 돌며 어떤 날은 처음 가본 역에서
찐 달걀을 먹으며 낯선 사람들을 바라보기도 하다가
강진이나 벌교 장마당에서 낮술에 흔들리며
어물쩍 나를 버려두고 왔으나

어둠이 발목을 잡는 영덕
불과 오백리 북쪽에 집을 두고
저 불학무식한 것에게 마음을 들키고 나서
허름한 목욕탕 어머니 자궁 같은 욕조에
다시 백열 근짜리 생을 눕힌다

아버지가 보고 싶다

자다 깨면
어떤 날은 방구석에서
소 같은 어둠이 내려다보기도 하는데
나는 잠든 아이들 얼굴에 볼을 비벼보다가
공연히 슬퍼지기도 한다
그런 날은 아버지가 보고 싶다

들에서 돌아오는 당신의
모자나 옷을 받아들면
거기서 나던 땀내음 같은 것
그게 아버지 생의 냄새였다면
지금 내게선 무슨 냄새가 나는지

나는 농토가 없다
고작 생각을 내다 팔거나
소작의 품을 팔고 돌아오는 저녁으로
아파트 계단을 오르며

나는 아버지의 농사를 생각한다
그는 곡식이든 짐승이든
늘 뭔가 심고 거두며 살았는데
나는 나무 한그루 없이 이렇게 살아도 되는 건지
아버지가 보고 싶다

봄날 옛집에 가다

봄날 옛집에 갔지요
푸르디푸른 하늘 아래
머위 이파리만한 생을 펼쳐들고
제대하는 군인처럼 갔지요
어머니는 파 속 같은 그늘에서
아직 빨래를 개시며
야야 돈 아껴 쓰거라 하셨는데
나는 말벌처럼 윙윙거리며
술이 점점 맛있다고 했지요
반갑다고 온몸을 흔드는
나무들의 손을 잡고
젊어선 바빠 못 오고
이제는 너무 멀리 가서 못 온다니까
아무리 멀어도 자기는 봄만 되면 온다고
원추리꽃이 소년처럼 웃었지요

있는 힘을 다해

해가 지는데
왜가리 한마리
물속을 들여다보고 있다

저녁 자시러 나온 것 같은데

그 우아한 목을 길게 빼고
아주 오래 숨을 죽였다가
가끔
있는 힘을 다해
물속에 머릴 처박는 걸 보면

사는 게 다 쉬운 일이 아닌 모양이다

산방일기(山房日記)

새벽 한기에 깨어 마당에 내려서면 녹슨 철사처럼 거친 햇살 아래 늦매미 수십 마리 떨어져 버둥거리고는 했다. 뭘 하다 늦었는지 새벽 찬서리에 생을 다친 그것들을, 사람이나 미물이나 시절을 잘 타고나야 한다며 민박집 늙은 주인은 아무렇게나 비질을 했다.

주인은 산일 가고 물소리와 함께 집을 보며 나는 뒤란 독 속의 뱀을 들여다보기도 하고 서럽도록 붉은 마가목 열매를 깨물어보기도 했다. 갈숭어가 배밀이를 하다가 하늘이 보고 싶었던지, 어디서 철버덩 소리가 나 내다보면 소리는 갈앉고 파문만 보이고는 했다

마당 가득한 메밀이며 도토리 멍석에 다람쥐 청설모가 연신 드나든다. 저희 것을 저희가 가져가는데 마치 도둑질하듯 다람쥐는 살금살금, 청설모는 덥석덥석 볼따구니가 터져라 물고 간다

어느덧 저녁이 와 어느 후미진 골짜기에 몸을 숨겼던 밤이 산적처럼 느닷없이 달려들어 멀쩡한 집과 나무와 길을 어둠속에 처박는 산골, 외롭다고 풀벌레들이 목쉰 소리를 하면 나는 또 산 너머 세상의 의붓자식 같은 내 인생을 생각하며 밤을 새고는 했다

저녁의 노래

나는 저녁이 좋다
깃털처럼 부드러운 어스름을 앞세우고
어둠은 갯가의 조수처럼 밀려오기도 하고
어떤 날은 딸네집 갔다오는 친정아버지처럼
뒷짐을 지고 오기도 하는데
나는 그 안으로 들어가는 게 좋다
벌레와 새들은 그 속의 어디론가 몸을 감추고
사람들도 뻣뻣하던 고개를 숙이고 집으로 돌아가면
하늘에는 별이 뜨고
아이들이 공을 튀기며 돌아오는
골목길 어디에서 고기 굽는 냄새가 나기도 한다
어떤 날은 누가 내 이름을 부르는 것 같아서
돌아다보기도 하지만
나는 이내 그것이 내가 나를 부르는 소리라는 걸 안다
나는 날마다 저녁을 기다린다
어둠속에서는 누구나 건달처럼 우쭐거리거나
쓸쓸함도 힘이 되므로

오늘도 나는 쓸데없이 거리의 불빛을 기웃거리다가
어둠속으로 들어간다

오늘은 일찍 집에 가자

오늘은 일찍 집에 가자
부엌에서 밥이 잦고 찌개가 끓는 동안
헐렁한 옷을 입고 아이들과 뒹굴며 장난을 치자
나는 벌 서듯 너무 밖으로만 돌았다
어떤 날은 일찍 돌아가는 게
세상에 지는 것 같아서
길에서 어두워지기를 기다렸고
또 어떤 날은 상처를 감추거나
눈물자국을 안 보이려고
온몸에 어둠을 바르고 돌아가기도 했다
그러나 이제는 일찍 돌아가자
골목길 감나무에게 수고한다고 아는 체를 하고
언제나 바쁜 슈퍼집 아저씨에게도
이사 온 사람처럼 인사를 하자
오늘은 일찍 돌아가서
아내가 부엌에서 소금으로 간을 맞추듯
어둠이 세상 골고루 스며들면

불을 있는 대로 켜놓고
숟가락을 부딪치며 저녁을 먹자

변명

어느날 새벽에 자다 깼는데
문득 나는 집도 가족도 없는 사람처럼 쓸쓸했다
아내는 안경을 쓴 채 잠들었고
아이들도 자기네 방에서 송아지처럼 자고 있었다
어디서 그런 생각이 왔는지 모르지만
그게 식구들에게 미안하기도 하고
나에게 창피하기도 하였다
그러나 날이 밝으려면 아직 멀었고
나는 나 자신을 위로해야 했으므로
이 생각 저 생각 끝에
아, 내가 문을 열어놓고 자는 동안
바람 때문에 추웠던 모양이다, 라며
멀쩡한 문을 열었다 닫고는
다시 누웠다

제3부

결빙(結氷)

어느날 일기예보에서
영하 20도면 남자들은 오줌 누기가 어렵고
영하 40도면
하늘을 날던 새가 떨어진다고 한다

아! 영하 40도,
그 깨끗한 하늘에서 떨어지고 싶다

나 같은 건 아무것도 아니라며

거마리 고개 넘어 절집 가서
푸른 머리 새 한마리 보았습니다
숲이나 물가에서는 인기척만 나도
기겁을 하고 달아나는 물새 한마리
말 많은 참새들 틈에서 밥 먹는 걸 보았습니다
아침저녁 공양 때마다
산속 어디선가 온다는데
스님들도 먹어야 부처를 모시고
깃털 같은 몸뚱이도
먹어야 사는 건 다 아는 일이지만
저렇게 아름다운 모습을 한 그가
밥 얻어먹으려고
절마당이나 기웃거리는 게 슬퍼서
나 같은 건 아무것도 아니라며
세상으로 돌아왔습니다

싸움

여러 해 전이다.
내설악 영시암에서 봉정 가는 길에
아름드리 전나무와 등칡넝쿨이
엉켜 붙어 싸우고 있는 걸 보고는
귀가 먹먹하도록 조용한 산중에서
목숨을 건 그들의 한판 싸움에
나는 전율을 느꼈다. 그리고
적어도 싸움은 저쯤 돼야 한다고
마음을 단단히 먹었었다
산속에서는 옳고 그름이 없듯
잘나고 못나고가 없다. 다만
하늘에게 잘 보이려고 저들은
꽃이 피거나 눈이 내리거나
밤낮 없이 살을 맞대고
황홀하게 싸우고 있었던 것인데
올 여름 그곳에 다시 가보니
누군가 넝쿨의 아랫도리를 잘라

전나무에 업힌 채 죽어 있었다
나는 등칡넝쿨이 얼마나 분했을까 생각했지만
싸움이 저렇게도 끝나는구나 하고
다시 마음을 단단히 먹었다

법수치

법수치 웃당골에는 산만한 부처님이 사시고
밤마다 밤일 하는 부처님 거기서 나오는 법수가
장장 구십여리 물 안팎 것들을
먹이고 거두며 동해로 가는데요

때로는 매봉산 느릅나무들이
제 슬픔의 무게를 이기지 못하여
몸을 내던지기도 하고 어떤 날은
상원사 문수전이 중과 싸우고 나와
몇날 며칠 울다 가기도 하는 그곳 가서
한 사날 죽어라고 물소리 들었습니다

마음에 씻어낼 슬픔이 있어 간 것도 아니요
물소리를 제대로 들을 줄 아는 나이도 아니지만
왜 그렇게 환장하게 물소리가
제 몸속으로 들어오던지요

나는 그 물로 밥해 먹고 밑 닦고
뒤집어써보기도 하고
풍덩 빠져도 보며
별의별 짓을 다 했는데
그래봤자 그 모든 짓이 법수치에서는
물가의 물버들나무 한그루가
바람에 흔들리는 거나 진배없었지요

내가 죽어 이 세상에 없어도
법수치 부처님은 밤마다 그 일을 하시겠지만
그래도 그 물 누가 다 보아버리거나
물소리 축날까봐
벙치매미 측은하게 우는 날 저녁
어둠으로 덮어놓고 돌아왔습니다

백담 가는 길

1

물은 산을 내려가기 싫어서
못마다 들러 쉬고
쉬었다가 가는데
나는 낫살이나 먹고
이미 깎을 머리도 없는데
어디서 본 듯한 면상(面相)을 자꾸 물에 비춰보며
산으로 들어가네

어디 짓다 만 절이 없을까

아버지처럼 한번 산에 들어가면 나오지 말자
다시는 오지 말자
나무들처럼
중처럼
슬퍼도 나오지 말자

2

만해(萬海)도 이 길을 갔겠지
어린 님을 보내고 울며 갔겠지
인제 원통쯤의 노래방에서
땡초들과 폭탄주를 마시며
조선의 노래란 노래는 다 불러버리고
이 길 갔겠지

그렇게 님은 언제나 간다
그러나 이 좋은 시절에
누가 그깟 님 때문에 몸을 망치겠는가
내 오늘 세상이 같잖다며
누더기 같은 마음을 감추고 백담(白潭) 들어서는데
늙은 고로쇠나무가 속을 들여다보며
빙긋이 웃는다
나도 님이 너무 많았던 모양이다

3

백담을 다 돌아야 한 절이 있다 하나
개울바닥에서 성불한 듯 이미
몸이 흰 돌멩이들아
물이 절이겠네
그러나 이 추운 날
종아리 높게 걷고
그 물 건너는 나무들,
평생 땅에 등 한번 못 대보고
마음을 세웠으면서도
흐르는 물살로 몸을 망친 다음에야
겨우 저를 비춰보는데
나 그 나무의 몸에 슬쩍 기대 서니
물 아래 웬 등신 하나 보이네

4

그러나 산은 산끼리 서로 측은하고
물은 제 몸을 씻고 또 씻을 뿐이니
저 산 저 물 밖
누명(陋名)처럼 아름다운 나의 세속
살아 못 지고 일어날 부채(負債)와
치정 같은 사랑으로 눈물나는 그곳

나는 누군가가 벌써 그립구나

절집도 짐승처럼 엎드려 먼산 바라보고 선
서기 이천년 첫 정월 설악
눈이 오려나
나무들이 어둠처럼 산의 품을 파고드는데
여기서 더 들어간들
물은 이미 더할 것도 뺄 것도 없으니

기왕 왔으면 마음이나 비춰보고 가라고
백담은 가다가 멈추고 멈추었다 또 가네

한계산성 가서

그해 가을 한계산성 깊이 들어갔다가
나무 이파리 덮고 누운 토끼의 주검을 보았다
희고 가늘게 육탈된 뼈를
그의 마른 가죽이 죽어라고 껴안고 있었는데
그 검고 겁 많던 눈이 있던 자리에
어린 상수리나무가 집을 짓고 있었다

나무뿌리가 조금씩
조금씩 몸속으로 들어올 때
그는 얼마나 간지러웠을까

내가 아무런 대책도 없이
생의 깊은 곳까지 들어갔다가
누군가에게 나를 내줘야 할 때가 온다면
나도 웃음을 참으며
나무에게 나를 내주고 싶다
벌레들에게 몸을 맡기고 싶다

줄포에서

동해에서 조반을 먹고
줄포(茁浦)에 오니 아직 해가 남았다
나라라는 게 고작 이 정도라면
나도 왕이나 한번 해볼걸

큰 영 하나만 넘어도
안 살아본 세상이 있고
해 질 때 눈물나는 바다가 있는데
나는 너무 동쪽에서만 살았구나
해마다 패독산(敗毒散) 몇첩으로 겨울을 넘기며
나 지금 너무 멀리 와
다시 돌아갈 수 있을지 몰라
그래도 며칠 더 서쪽으로 가보고 싶은 건
생의 어딘가가 아프기 때문이다

이게 아니라고
여기가 아니라며 추운 날

기러기 같은 생애를 떠메고 날아온
부안 대숲 마을에서
되잖은 시 몇편으로 얼굴을 가리고
몰래 만나는 여자도 없이 살았다고
지는 해를 바라보고 섰는데
변산반도 겨울 바람이
병신같이 울지 말라고
물 묻은 손으로 뺨을 후려친다

나는 너무 일찍 서쪽으로 온 모양이다

밤길

눈발이 날리는데
고한역에서 청량리행 기차를 탄다
밤차는 무덤처럼 적적하고
또 궁전처럼 화려하다
기차는 덜커덩거리며 강을 건너고
느닷없이 터널을 지나기도 하는데
막장 같은 어둠속에서
면사무소와 빨간 십자가와 작은 마을들이
모닥불처럼 환하게 피어올랐다가
사라지고는 한다
길이라는 게 그렇다
초행이긴 하지만 가다보면
언젠가 한번 간 적이 있는 것 같은 건
나말고도 많은 사람들이 지나가서 그럴 게다
칸칸마다 흐릿한 불빛 아래
어디서 본 듯한 사람들이
더러는 고개를 떨군 채 잠들었고

또 어떤 이들은 이야기로 밤을 팬다
언제 이 길을 다시 갈 수 있을까.
혹은 집 나온 지 꽤 여러 날 된 것처럼
쓸데없이 쓸쓸해져서 지나가는 어둠을 향하여
나는 칸델라 불빛 같은 생각들을 흔들며 간다
기차는 춥다고 가끔 비명을 지르지만
길은 멈추지 않는다

오세암으로 부치는 편지

매월당(梅月堂)에게

이메일로 보낼까요
굴참나무 피로 소식을 전할까요
서울은 멀고 영(嶺)은 높습니다
나이 들어 같잖은 벼슬도 떼이고
동쪽 바닷가 썰렁한 마을에서
어제는 쌀 한 말에 시 두 편을 팔았습니다
그리하여 해 질 무렵 갯가 난장이나
주막의 불빛은 얼마나 따뜻한지요
소주나 한짝 가져갈까요
보일러 기름을 한짐 지고 갈까요
내설악 경전 같은 길도 버린 겨울 오세암
그곳에선 다음 조선이 보이시는지요
봄이 오면 한계령 주막에서 뵐까요
눈 내리는 날 미시령을 넘어
티켓 기생이라도 데리고 갈까요
대낮에도 양귀(洋鬼)들이 설치고
조야(朝野)가 걸귀(乞鬼) 같은 나라에서

겨우 시나 쓰는 잡놈이 되어
쓸데없이 세상과 다투다 돌아오면
생이 막대기처럼 쓸쓸해서
오늘도 당신에게 글발을 띄웁니다

겨울 초월암 갔다가

누가 같이 자자 그랬는지
뾰로통하게 토라진 동백은
땅바닥만 내려다보고
절 아래 레지도 없는 찻집
굴뚝 모퉁이에서 오줌을 누는데
살색 브래지어 하나 울타리에 걸려 있다

저 젖가슴은 어디서 겨울을 나고 있는지

중늙은이 하나가 잔뜩 허리를 구부리고
오봉리 버스 정류장을 지나간다
나도 오리처럼 푸른 목도리를 하고
남 다 살다 간 세상을 건너간다

시로 밥을 먹다

철원 사는 정춘근 형에게
시 한편을 보냈더니
원고료 대신이라며 쌀을 보내왔다
그깟 몇푼 된다고
온라인 한줄이면 충분할 텐데
자루에 넣고 다시 포장해서 택배로
이틀 만에 사람이 들고 왔다
철원평야 들바람과
농사꾼들 발자국 깊게 파인
논바닥이 훤히 보이고
두루미 울음까지 들어 있는
쌀을 보내왔다
나는 그걸로 식구들과 하얀 이밥을 해먹었다

낙타

새벽 세시에 일어나 「동사서독(東邪西毒)」을 본다
보아도 서로 모른다
남자들은 칼을 맞으면서도
왜 사랑을 놓지 않는지

집은 낡았으나 자식들은 어리다
영화 속의 한 젊은이가 고향을 떠나며
날이 새면 또 내일이 오늘을 이긴다니
그쪽으로 아내의 꿈길을 고쳐준다
누구나 잠잘 땐 가엾은 것이다
나도 깨끗한 물에 얼굴을 비춰보고 싶다

나는 한이 없는 사람이다
그래도 술을 마시고 시를 짓는다
불러야 할 노래가 있어서다
돌아갈 곳이 없으면 사랑이 보인다지만
사랑이 끝내 슬픔을 이기지 못하고

모래바람 새벽으로 내가
가시나무처럼 깨어 있는 것은
생이 불구이기 때문이다

복사꽃 피는 고향을 떠난 지 오래되었으나
나는 아직 이름조차 얻지 못하였다
세상엔 날 알아보는 사람이 없고
봄이 와도 돌아가지 못하는 옛집엔
이미 모르는 사람이 사는데
비디오가 끝나고 새벽 어디선가 낙타가 운다

시 파는 사람

젊어서는 몸을 팔았으나
나도 쓸데없이 나이를 먹은데다
근력 또한 보잘것없었으므로
요즘은 시를 내다 판다
그런데 내 시라는 게 또 촌스러워서
일년에 열 편쯤 팔면 잘 판다
그것도 더러는 외상이어서
아내는 공공근로나 다니는 게 낫다고 하지만
사람이란 저마다 품격이 있는 법.
이 장사에도 때로는 유행이 있어
요즘은 절간 이야기나 물푸레나무 혹은
하늘의 별을 섞어내기도 하는데
어떤 날은 서울에서 주문이 오기도 한다
보통은 시골보다 값을 조금 더 쳐주긴 해도
말이 그렇지 떼이기 일쑤다
그래도 그것으로 나는 자동차의 기름도 사고
아이들에게 용돈을 주기도 하는데

가끔 장부를 펴놓고 수지를 따져보는 날이면
세상이 허술한 게 고마워서 혼자 웃기도 한다
사람들은 내 시의 원가가 만만찮으리라고 생각하는 모
양이지만
사실은 우주에서 원료를 그냥 퍼다 쓰기 때문에
팔면 파는 대로 남는다는 걸 모르는 것 같아서다
그래서 나는 죽을 때까지
시 파는 집 간판을 내리지 않을 작정이다

어둠과 놀다

일을 마치고 집으로 돌아오는데
골목길에서 누가 덥석 손목을 잡아끈다
새로 온 저녁이었다
자기네 집에서 쉬었다 가라는 거였다
집에서 아내가 아이들이 기다린다고 했지만
이런 날이 날마다 있는 건 아니라며
한사코 잡아끌었다
나는 새우깡 한봉지와
소주를 받아가지고
학교마당 나무 아래 저녁의 집에서
한 시간이나 놀았다
그리고 그가 데리고 가는
새로 온 어둠의 손을 잡고
노래를 부르며 돌아왔다

제4부

어둠

나무를 베면

뿌리는 얼마나 캄캄할까

이 별에서 내리면

이 별에서 내리면
다른 별은 없을까
이렇게 푸른 별이
하늘에 단 하나뿐이고
때가 되면 아무런 대책도 없이
내려야 한다면
우리가 더 가난해지거나
시 같은 건 안 써도 좋으니
또다른 별에서 만날 수는 없는지
이보다는 훨씬 못하더라도
내리는 사람끼리 모여 사는
별은 없을까

무밭에서

무는 제 몸이 집이다
안방이고 변소다
저들이 울타리나 문패도 없이
흙속에 실오라기 같은 뿌리를 내리고
조금씩조금씩 생을 늘리는 동안
그래도 뭔가 믿는 데가 있었을 것이다
그렇게 자신을 완성해가다가
어느날 농부의 손에 뽑혀나갈 때
저들은 순순히 따라 나갔을까, 아니면
흙을 붙잡고 안간힘을 썼을까
무밭을 지나다가
군데군데 솎여나간 자리를 보면
아직 그들의 체온이 남아 있는 것 같아
손을 넣어보고 싶다

적멸(寂滅)

남자 서넛이
개 한마리 끌고 강으로 나가네
소주 몇병 들고 강으로 나가네

저녁이 되자
개 한마리 소주 몇병을
각기 배에 나눠가지고 돌아오네
노래하며 돌아오네

어두워져가는 강가에
그슬린 돌멩이만 남았네

민박

울산바위 꼭대기에는
별들의 집이 있다

어느날
집 떠나
해 지고 어두우면

그곳에 가 자고 싶다

봉정암

설악산 꼭대기
우리나라 제일 높은 암자여서
기도발 잘 받는다고
하루품을 팔아 고생고생 오르는 이들은
그걸 다 부처님이 아실 거라며
이를테면 온몸으로 공양을 하는데
어떤 사람들은 헬기로 올라와서
시주를 하고 내려간다

부처님도 꼼꼼 계산하시기 힘들겠다

오길 잘했다

어느날 저녁 아파트 계단을 오르다가 자지러질 듯 우
는 갓난애의 울음소리를 들으며
아, 누군가 새로 왔구나
그리고 저것이 이제 나와 같은 별을 탔구나 하는 즐거움

티브이 속에서 줄줄이 잡혀가는 우리나라 국회의원들
을 향해
노골적으로 꼴좋다 꼴좋다 외치는 즐거움

아무 생각 없이 생을 두루마리 휴지처럼 풀어 쓰다가
남모르게 우주의 창고를 열어보는 이 든든함

때로 따뜻한 여자 속에서 내 그것이 죽어가는 즐거움

친구를 문상 가서 웃고 떠들다가 언젠가 저것들이 내
주검 앞에서 나를 흉보며 내 음식을 축내는 즐거움을 미
리 보는 즐거움

어쩌다 공돈이 생긴 날 아이스크림을 사들고 집으로
돌아오는데

나무 이파리들이 멋도 모르고 지나가는 바람에 뒤집어
지는 걸 바라보며

아무래도 세상에 오길 잘했다는 이 즐거움

탑

수타사터 논 속의 탑에게

한때는 절 받고
돈도 받았겠지
이름 있는 날이면
사는 게 너무 힘들다고
아무개와 같이 살게 해달라고
숱한 사람들이 찾아와
원을 빌었겠지

절이 가난했던지
지키지 못할 약속이 너무 많았던지
어느날 부처는 산을 내려가고
탑이 혼자 그 책임을 다 졌는데

천년도 넘은 세월이 지나고
온몸을 거의 부수고 나서야 그는
겨우 논물에 비치는 제 몸속의 탑을
조용히 바라보는 거였다

윤회

길바닥에서 죽은 고양이를 위하여

나는 바퀴다
끝없는 너의 후생(後生)이다
어느날 출근길에
한뼘도 안되는 너의 전생을 넘어
나는 네가 되었다
전생이라기보다는
길 한복판에서 지구를 부둥켜안고
오체투지를 하고 있는 네 주검에 차바퀴가 닿는 순간
나는 액셀러레이터에서 얼른 발을 들었지만
너는 이미 내 속으로 물컹하게 들어왔다
그것이 너의 영혼이었는지
으깨어진 고기였는지,
오늘 아침 고양이를 빠져나온 너는
시속 80킬로미터의 내 속으로 들어왔다
나는 너의 바퀴가 되었다

적멸보궁 가는 길

저 벌거숭이 나무보살 나무나한들
겹겹이 에워싼 중대(中臺) 한나절 올라가면
이승의 클리토리스 같은 궁(宮)이 있다니,
이를테면 천원에 두 편씩 하는 비디오를
새벽까지 보다가 잠들면
그게 요즘 나의 적멸인데

왜 나는 자꾸 집을 나서는지
월정사 들머리 바다횟집 가자미더러 어디서 왔냐니까
헛소리하지 말고 밥이나 먹고 가라고 무안을 준다
저것도 뭘 아는 것 같다
다들 손님으로 다녀간 곳,
세상은 유곽 같은 곳이어서
날마다 색정으로 밤을 밝히고도
또다른 궁을 찾아
오늘은 얼굴을 가리고 산 들어서는데
사천왕 같은 전나무들이 길을 막고

기어이 마음뚜껑을 열어본다

누가 산꼭대기에 궁을 갖다놓았을까
이 추위를 뚫고 올라가면
정말 생(生)이 환하게 섹스를 할 수 있을까
아니면 수족관 가자미처럼
나는 너무 깊이 들어온 건 아닌지
아침에 먹으면 저녁에 싸는 것을 데리고
겨울 안개 속 산을 오른다

리필

나는 나의 생을,
아름다운 하루하루를
두루마리 휴지처럼 풀어 쓰고 버린다
우주는 그걸 다시 리필해서 보내는데
그래서 해마다 봄은 새봄이고
늘 새것 같은 사랑을 하고
죽음마저 아직 첫물이니
나는 나의 생을 부지런히 풀어 쓸 수밖에 없는 것이다

초파일

화암사 갔다가 등을 걸었습니다

작은 등 내 이름 옆에
아내와 아이들 이름을 적었습니다

등을 걸고 바라보니
부처님이 큰아버지처럼 보였습니다

한로(寒露)

가을 비 끝에 몸이 피라미처럼 투명하다

한 보름 앓고 나서
마당가 물수국 보니
꽃잎들이 눈물자국 같다

날마다 자고 일어나면
어떻게 사나 걱정했는데

아프니까 좋다
헐렁한 옷을 입고

나뭇잎이 쇠는 세상에서 술을 마신다

제5부

달동네

사람이 사는 동네에

달이 와 사는 건

울타리가 없어서다

그래서 사람들은

그들의 지붕 꼭대기에

달의 문패를 달아주었다

기러기 가족

—아버지 송지호에서 좀 쉬었다 가요.

—시베리아는 멀다.

—아버지 우리는 왜 이렇게 날아야 해요?

—그런 소리 말아라 저 밑에는 날개도 없는 것들이 많단다.

겨울 거진(巨津)

누가 지붕에 명태를 말리고 있다
그 옆에 운동화 한 켤레가 혀를 내밀고
하늘을 쳐다본다
배를 붙잡고 선 물먹은 밧줄들이
있는 힘을 다해 바다와 밀고 당기는 동안
군데군데 피워놓은 화덕 냉구리 속으로
모자를 깊이 눌러쓴 어부들이
그물을 손질하고 있다

한떼의 아이들이 미니슈퍼 앞에 앉아
죽어라고 오락기를 두들긴다
그들 등을 스치듯 날아다니는
시뻘건 맨발의 갈매기들,
파도가 춥다고
언 몸으로 달려올 때마다
어선들은 아프게 몸을 부딪치고
추운 집들이 연탄굴뚝을 잔뜩 껴안는다

대진 가자

오줌줄기 쩍쩍 얼어붙는 판장에서
힘줄 시퍼런 명태 뛴다
대진 가자
동해가 길을 막고
몇날 며칠 눈이 지붕을 덮으면
세상 모르고 싸다니는 아이들 집안에 몰아넣고
겨울과 맞서는 북쪽 포구
허름한 술집에서
눈물 콧물 훌쩍이며
언 속에 소주 한 양재기씩 털어넣고
찌개 냄비에 얼굴을 묻었다가
돌아오자
세상을 뚫고 돌아오자

멀리서 보는 불빛

한여름 밤
미시령 꼭대기에서 바라보면
먼바다 불빛들이 바다의 가로등 같다
사람들은 그게 오징어배 불빛인 줄 알지만
실은 동해가 놀래미나 고래 멸치 가오리 같은
크고 작은 식솔들의 밤을 위하여
어부들에게 일당을 주면
그들이 땀을 뻘뻘 흘리며
늦도록 불을 밝히고 있는 것인데

멀리서 보는 불빛은 다 아름다운 것이다

가난하다는 것은

—세사 어머이를 이렇게 패는 눔이 어딨너

—돈 내놔, 나가면 될 거 아냐

연탄재 아무렇게나 버려진 좁은 골목 담벼락에다
아들이 어머니를 자꾸 밀어붙인다

—차라리 날 잡아먹어라 이눔아

누가 아들을 떼어내다가 연탄재 위에 쓰러뜨렸는데
어머니가 얼른 그 머리를 감싸안았습니다

가난하다는 것은 높다라는 뜻입니다

면례(緬禮)

내 아내의 아버지 육군 이등중사 전철호 씨
그는 나라에 자신의 한쪽 다리를 내주었고
나라는 그에게 국유림 서너 평을 빌려주었다
대한민국 4급 상이용사
묘비도 봉분도 없는 담양전씨 철호지묘의
광중을 헐고 유골을 수습하던 인부들이
검은 녹이 헌데처럼 엉켜 붙은 쇠붙이 하나를
조심스럽게 들어올렸다
의족이었다
그 다리를 끌고 부산 영도에서
양양 공수전 산골까지 어떻게 왔을까
주먹으로 눈물을 닦으며 걸었을까
조국과 빨래비누를 바꾸며 왔을까
그렇게 생을 괴롭히고도 쇠붙이가
다시 무덤 속에서 30여년이나
그의 영혼을 짓눌렀을 생각을 하면
끔찍하다

우리는 바다가 보이는 산에 올라
연 날리듯 그의 몸을 뿌렸는데
그날 한 사내가 비로소 나라를 버리고
무한천공 날아가는 게 보였다
그 뒤로 그의 의족이 한사코 따라가는 게 보였다

나무들도 살고 싶다

숲속에서 위이잉위이잉 소리가 들린다
휘발유를 먹은 톱날들이
나무들의 생을 파먹으며
즐거워하는 소리다
어디선가 우지끈 부러지는 소리가 들리고
야 걸렸잖아 하는
벌목꾼들의 고함이 톱밥처럼 싱싱하다
저들은 공공근로자들이다
아이엠에프로 세상에서 솎여나온 사람들이
산에서 나무를 솎아내는데
숲속에 천막을 치고
노래하며 작업을 한다
나무들은 산을 떠날 아무런 준비도 안돼 있는데
사람들을 위하여 자리를 내놔야 하는 것이다
나무들도 살고 싶다
아프고 슬프다
그러나 누군가가 늘 솎여나가지 않으면

산이 너무 무거워진다는 걸 알고 있으므로
그들은 조용히 몸을 내맡기는 것이다

골목길

동네 골목길 담벼락에 피가 묻어 있다
아이들이 싸우다가 코피를 흘렸을까
아침 햇살에 비친 핏자국 속에
아직 누군가의 체온이 남아 있는 것 같다
사람들은 저마다 바쁜 얼굴로 지나가고
담을 넘어온 감나무에서는 감이 익는데
누가 피를 흘리며 이 길을 지나갔을까
지난 밤 어떤 가난한 이가 빚쟁이와 싸우다가,
혹은 힘에 부치는 일을 하고 돌아오다가 담벼락을 쳤
을까
아니면 한 여자를 두고 두 사내가 머리가 터지도록 싸
웠을까
멀리 보면 세상은 늘 조용해도 어딘가에서 사람들은
피를 흘리고
골목길에도 상처를 남긴다
지난 밤 누군가 담벼락에 피를 닦으며 지나갔고
골목길 어디에 그의 눈물이 떨어져 있는 것 같다

아범은 자니?

지난해 태풍 루사가 왔을 때
나하고 동명이인(同名異人)인
양양의 어느 농협 조합장이
물에 빠져 죽었다고 뉴스에 나오던 저녁
영랑동 숙모님이 전화를 하셨다

아내가 받았는데

한참 딴 얘기를 하시다가
아범은 자니?
하시길래 잔다고 했단다

이 모든 은유로 된 세상에서
나는 계속 자고 싶다

봄을 기다리며

겨울산에 가면
나무들의 밑동에
동그랗게 자리가 나 있는 걸 볼 수 있다
자신의 숨결로 눈을 녹인 것이다
저들은 겨우내 땅속 깊은 곳에서 물을 퍼올려
몸을 덥히고 있었던 것이다
좀더 가까이 가보면
모든 나무들이
잎이 있던 자리마다 창을 내고
밖을 내다보고 있다가
어디에선가 "봄이다!" 하는 소리만 났다 하면
뛰어나갈 준비를 하고 있는데
겨울에 둘러싸인 달동네
멀리서 바라보면 고층빌딩 같은 불빛도
다 그런 것이다

나도 보험에 들었다

좌회전 금지구역에서
좌회전을 하다가 사고를 냈다
택시기사가 핏대를 세우며 덤벼들었지만
나도 보험에 들었다
문짝이 찌그러진 택시는 견인차에 끌려가고
조수석에 탔다가 이마를 다친 남자에게
나는 눈도 꿈쩍하지 않고
법대로 하자고 했다
나도 보험에 들었다
좌회전이든 우회전이든
나는 이제 혼자가 아니다
나의 불행이나 죽음이 극적일수록
보험금은 높아질 것이고
아내는 기왕이면 좀더 큰 걸 들지 않은 걸 후회하며
그걸로 아이들을 공부시키고 가구를 바꾸며
이 세계와 연대할 것이다
나도 보험에 들었다

하늘에는 많은 루사가 있다

지난해 태풍 루사가 동해안에 왔을 때 내 사는 도시 한복판에서 자동차와 고라니와 사람이 뒤엉켜 물에 떠다니는 걸 보았다

물은 평등했다

루사는 산을 헐어 길을 냈거나 개울을 돌리고 마을을 만든 곳을 찾아 하룻밤 사이에 모조리 되돌려놓고 갔다

그렇게 거침없었다

맑은 날에도 쳐다보면 해와 별과 바람과 하늘에는 많은 루사가 있다

하나뿐인 별에서

이 별은 너무 몸이 무겁다
특히 아메리카나 유럽 쪽으로 돌 때면
별은 망가질 듯 삐걱거린다
쓸데없이 가진 게 많아서 그렇다
지구라는 별은 원래 조금 삐뚜름하게 걸려 있는데
한쪽에만 자꾸 짐이 실리면 아주 기울어서
어느날 중심을 잃고
어둠속으로 떨어지게 될지도 모른다
미 무역쎈터 빌딩 같은 것도 그래서 무너지는 것이다
이 별의 균형을 잡기 위해서는
황폐한 땅들은 갈아엎고 땅콩을 심거나
한 만년 묵밭으로 쉬게 해야 하는데
그때까지 별이 견딜 수 있을지
오늘밤도 별은 물레방아처럼
삐거덕거리며 돌고 있다

네가리(街里)의 미선이 효순이*

늬들이 지금 간다면 어듸를 간단 말이냐
공부(工夫)하는 모든 청년들의 연인(戀人),
너 내 사랑하는 어린 누이들
제국(帝國)의 비행기들이 조선을 이 잡듯 하는데
늬들이 가면 또 어디를 간단 말이냐

찬 눈보라가 유리창을 때리는 네가리,
늬네들 꽃이파리 같은 몸을 으깨며
미제(美帝)의 캐터필러가 지나갔는데
밤마다 광화문을 밝히는 동무들의 촛불은 얼마나 낭만
적이냐
불쌍한 누이의 만장(輓章)을 들고
종로(鐘路) 바닥을 헤매는 이 옵바는 얼마나 순진한 것이냐
민중 부르주아의 시대는 드디어 왔느냐
시인들은 당파성의 깃발을 흔들고
아름다운 좌익(左翼)은 찢어졌구나

108

네가리의 미선아 효순아!

모든 공부하는 청년의 연인 너 내 사랑하는 누이,

이 옵바가 그렇게 미국의 앞잽이였다면

늬들은 혹시 악(惡)의 축(軸)의 첩자(諜者)가 아니였더냐

그렇지 않고서야 언밥이 가난을 울리던 시절도 갔는데

이 배부르고 등따신 조선을 버리고

울면서 어듸를 간단 말이냐

적이 크면 승리도 크다

그러나 쪽발이가 양키로 바뀌는 동안

남은 것이라고는 ×들의 때묻은 넥타이 같은 휴전선과

불패자본(不敗資本)의 아름다운 계급성(階級性)뿐

오 제국의 눈보라는 도락구처럼 거리를 달리는데

불쌍한 식민지의 딸, 사랑하는 누이들아!

그 몸을 하고 늬들이 지금 가면 또 언제 온다는 것이냐

* 이 작품은 임화의 「네街里의 順伊」를 패러디한 것임.

■

해설

별과 나무와 백석

김윤태

1

이상국의 시는 언제나 단정하고 절제된 맛이 난다. 필자가 시인과 만난 몇차례의 경험에 따르면 적어도 그의 사람됨 또한 그러하다는 느낌이 든다. 돌이켜보니 시인과 필자의 인연은 어느덧 십년이 넘었다. 1992년 봄쯤으로 기억하는데, 당시 필자는 한 문학계간지의 편집위원을 맡고 있었다. 그때 청탁이 아닌, 투고되어 온 시들이 얼마간 있어 그것들을 검토하던 필자의 눈에 몇편의 시들이 띄기에 주저없이 게재한 바 있었다. 그 시들이 이상국 시인의 「우리는 읍으로 간다」 외 2편이었다. 당시는

87년 6월항쟁으로 얻어낸 형식적 민주주의가 느리게나마 어느정도 진행되어가고 있긴 했지만, 여전히 군사정권의 후예들이 정치권력을 장악하고 있던 때였다. 그런 만큼 국가에 의한 강압적 동원과 폭력이 사람들에게는 여전히 두려운 것이었고, 아직은 그것을 내놓고 비판하기 어려웠던 시절이었다. 이런 국가폭력과 강제동원을 비판적으로 노래한 그 시들이 당시에나 민주주의에 대한 요청과 실현이 한층 높아진 지금에나 유효하기는 마찬가지지만, 그 시절에는 정서적으로 더욱 피부에 와닿는 것이기도 했다.

시인과의 실제 만남은 몇번 더 있었다. 93년 여름에 어느 출판사와 민족문학작가회의에서 주관한 여름시인학교인가 하는 문학캠프가 강원도 양양에서 있었다. 그때 처음으로 필자는 설악 일대를 안내하던 이상국 시인을 만나 인사를 나누었다. 그리고 96년경에 만해(卍海)가 말년을 보냈다는 고성의 건봉사를 필자 혼자서 답사할 적에 속초에 들러 시인을 만나 영북의 문우들과 함께 회포를 푼 적도 있었다. 이후에도 가끔 동해안으로 여행 갈 적엔 시인에게 전화로라도 안부 인사를 드리거나 길을 묻곤 했다. 그럴 적마다 시인은 띠동갑으로 12년이나 아래인 필자에게 늘 친절하고 따스하게 손을 내밀어주었다. 그의 인간적인 따스함은 네번째 시집 『집은 아직 따뜻하다』(1998)에서 잘 드러난다. 그러니까 그의 세번째 시집 『우리는 읍으로 간다』(1992)에서 드러나는 현실주의적 경향의 시들은 그의 네번째 시집에 이르러 얼마간 자연친화적이면서 서정적인 경향으로 옮아간다. 물론 여기서도 농촌현실과 분단현실에 대한 인식을 드러내는 시들이 없는 것은 아니지만, 「선림원지에 가서」와 같이 자연과의 교감을 통해 삶의 깊이가 우러나는 빼어난 시편을 선보였다. 비판적 현실의 공간에서 그는 점차 삶을 관조하고 성찰하는 경지로 움직이고 있었던 것이다.

이상국의 리얼리즘이 비판적 현실인식에서 온 것이기는 하지만, 그것은 처음부터 경화(硬化)된 것과 거리가 있었다. 산업화로 인해 점차 파괴되어가는 농촌(혹은 어촌)의 현실, 민족분단과 실향민 문제 등을 자신의 삶과 그 주변의 현실 속에서 발견하고 그것을 담담하고 솔직하게 그리고 있을 뿐, 목청을 높인다거나 특정 이념이나 정서로 몰아가지는 않았다. 올곧은 시선으로 세상을 바라보되 낮은 목소리로 차분하게 노래함으로써, 그의 리얼리즘은 서정성을 크게 훼손시키는 경우가 거의 없었다.

시인에게는 다섯번째가 되는 이번 시집 『어느 농사꾼의 별에서』도 역시 조금씩 변화해가는 도정에 놓여 있는 것으로 보인다. 즉 성찰과 전통적 서정의 세계로 좀더 들어가 있는 느낌이 든다. 조만간 갑년(甲年)을 맞이하게 될 그의 연륜 탓일까. 시가 더 부드러워지고 웅숭깊어지고 있다. 시인이 말하기를 "시는 재미로 만나거나 어울려 즐겨야 좋은데 그것에다 내 존재와 세계를 다 싣고자 하니 서로 힘들다"고 한다. 물론 시가 쉽기야 하겠는가마는, 재미로 만나고 어울려 즐기는 것이라는 그의 생각은 단순히 문학의 유희적·쾌락적 기능을 지칭한 것이라기보다 자연스러움이나 조화로움이 동반되어야 좋다는 말로 들린다. 문득 '이순(耳順)'의 경지가 오히려 이런 것이지 않을까 싶기도 하다. 거기에 존재와 세계를 싣는다는 것은 일종의 재도지기(載道之器)로서의 문학을 지칭하는 것으로 이는 전통적인 동양적 문학관에 다름아니지만, 시인은 도리어 그것이 힘들다고 엄살을 부린다. 역시 그것을 재도(載道)라는 딱딱한 의미로 곧이곧대로 받아들일 필요는 없을 것이다. 왜냐하면 그의 시들은 이제 유희니 도(道)니 하는 이분법적 사유를 넘어서고 있기 때문이다.

2

이번 시집에서 우선 표나게 다가오는 시어는 '별'이다.

물론 별에 관해서는 이미 이전 시집 『집은 아직 따뜻하다』 1부에서도 나오고 있다. 「별에게로 가는 길」 「별」 「봄밤」 등의 시에서 보이듯이, 별은 실재하는 별을 가리키지만, 단순히 이에 그치지는 않는다. 이 시들에서 '별은 나를 내려다보고 나는 별을 쳐다보고 있다.'(「산속에서의 하룻밤」) 별과 나 사이에 어떤 정신적 교감이 일어나고 있는 것이다. 그리고 그 교감은 근원적인 것에 대한 그리움을 간직하고 있다. 가령 "별을 닦으면 캄캄한 그리움이 묻어난다 / 별을 쳐다보면 눈물이 떨어진다"(「별」)에서처럼 별은 그리움이자 순수에의 동경이다. 흔히 별은 여행자의 길을 밝히는 안내자로 비유되어왔다. 루카치(G. Lukács)의 『소설의 이론』 첫머리는 인구에 회자되는 유명한 구절이다. "별이 빛나는 창공을 보고, 갈 수가 있고 또 가야만 하는 길의 지도를 읽을 수 있던 시대는 얼마나 행복했던가? 그리고 별빛이 그 길을 훤히 밝혀주던 시대는 얼마나 행복했던가?" 그러나 지금은 어떠한가? 별빛이 사라진 시대, 시인이 말한 "이제 내 사는 곳에서는 / 별에게로 가는 길이 없"(「별에게로 가는 길」)는 세상을 우리는 살고 있다. 더이상 길의 안내자, 생의 지침이 되지 못하는 오늘의 세상에서 시인은 별을 그리워하고 또 슬퍼한다.

한국현대시에서 별의 이미지가 가장 두드러진 시인을 꼽으라면 가장 먼저 떠오르는 이가 윤동주(尹東柱)일 것이다. 그에게서 별은 구원과 희망과 동경을 상징한다. 이는 별의 보편적 이미지일 터인데, 아득한 그리움으로서의 별은 이미 수많은 시인들의 마음을 거쳐 이제 궁극적인 것을 표상하기에 이르렀다. 이번 시집에서는 아예 표제에서부터 별을 표방하고 있는데, 시적 제재로서 별은 특히 시집 4,5부에 집중되어 있다. 그러나 여기서 별은 환경파괴 등으로 신음하는, 우주 유일의 초록별 '지구'를 단지 지시할 뿐이다(「이 별에서 내리면」「하나뿐인 별에서」). 또 「오길 잘했다」나 시집 표제작인 「어느 농사꾼의 별에서」에서도 별은 지구를 가리키며, 그 안에서 궁구는 생을 긍정하고자 하는 시인의 염원을 담고 있다. 아쉽게도 여기서도 역시 별의 의미는 지시적인 범위를 그다지 벗어나지 못하고 있다. 본래 별이 지니고 있는 다양한 이미지, 즉 정령적(精靈的) 존재로서의 별에서부터 천문학적지식의 원천, 점성술의 근거, 신성성의 상징으로서의 별에 이르기까지 그것의 폭넓은 상징적 의미가 충분히 살려지지 못하고 평이한 차원에 머문 감이 없지 않다. 다만 소품에 지나지 않지만,

울산바위 꼭대기에는
별들의 집이 있다

어느날
집 떠나
해 지고 어두우면

그곳에 가 자고 싶다

— 「민박」 전문

같은 시에서처럼, 별이 정령적 이미지와 성소(聖所)적 의
미를 내포하는 경우도 있기는 하다. 여기서 별은 마치 신
들이 사는 집이란 단순한 느낌에서 비롯하여, 전우주를
향해 있는 그 안에서 안주하고 싶은 소망을 불러일으킨
다. 혹시 출세간(出世間)의 의지로도 읽힐 수 있겠으나, 그
보다는 우주적 원리를 포용하려는 무변광대의 울림을 자
아내는 것으로 보인다.

우주의 무한 원리를 수용하는 것은 "아무 생각 없이 생
을 두루마리 휴지처럼 풀어 쓰다가 / 남모르게 우주의 창
고를 열어보는 이 든든함"(「오길 잘했다」)이고, 그러한 우
주의 충만함은 생을 무한 '리필'해주는 원천인 고로, 시

인은 생을 그윽하게 긍정하지 않을 수 없다. 이러한 생의 긍정은 별의 운행을 통해 자연력(自然曆)이나 농사력(農事曆)을 판단하는 데 이용했던 선인들의 지혜에 의해 더욱 충만된다. "소한만 지나면 벌써 거름지게 세워놓고 / 아버지는 별이 빨리 돌지 않는다며 / 가래를 돋워대고는 했는데"(「어느 농사꾼의 별에서」)에서와 같이, 시인은 자연적 질서에 순응하여 살아가는 농사꾼(아버지)의 순박하고 부지런한 삶을 따스하게 긍정하고 있다. 그 때문에 생의 긍정은 "그 별에서 소년으로 살았다"라는 행복감의 근원이 된다. 마치 '어린 왕자'와 같은 순수하고 맑은 영혼처럼.

이 지점에서 시인의 시적 원천이 밝혀진다. 새삼스러운 것은 아니나, 그것이 시인에게는 중요하고도 무궁한 (우주로부터 '리필' 받는) 자산이기 때문에, 이번 시집의 표제와 관련하여 다시금 확인되는 셈이다. 그것은 곧 농경적 정서에 단단하게 뿌리내려져 있는 견고함이다. 시인 스스로도 "세상은 나날이 변해가고 아직 써야 할 날은 많습니다. 한 세기가 저물고 나면 또다른 세상이 우리들 앞에 놓여지고 문학이 어떤 양식으로 존재할지는 모르지만 저의 농업적 사고나 흙 묻은 말을 통해 시로 들어가고자 하는 방법은 쉽게 변할 것 같지 않습니다. 그것이야말로 제가 가장 잘 아는 길이자 씨앗과 연장이 함께 들어 있는 제 정신의 창고 같은 것이기 때문입니다."(제1회 백석문학상 「수상소감」에서, 강조는 인용자)라고 밝히고 있듯이, 그 농경적 정서는 그의 고향 산천과 더불어 그의 시를 지탱해주는 버팀목인 것이다.

시인의 고향은 설악산 아래 양양이다. 그는 거기서 태어나 60년 가까운 세월 동안 한번도 근처를 벗어나 살지 않았다고 한다. 이전 시집들에서도 그가 살던 마을의 지명들은 즐겨 시적 제재가 되어 왔는바, 「겨울 강선리에서」「복골 사람들」「수복탑을 떠나며」「설악 가는 길」「남대천으로 가는 길」「삼불사」「선림원지에 가서」「울산바위」「삼포리에 가서」「진전사지 가는 길」「겨울 화진포」「청호동에 가본 적이 있는지」 등 대충만 꼽아봐도 적지 않다. 이번에도 지명들은 「살구꽃」「오래된 사랑」「가라피의 밤」「진부령」「법수치」「백담 가는 길」「한계산성 가서」「봉정암」「탑」「겨울 거진」「적멸보궁 가는 길」「대진 가자」「멀리서 보는 불빛」 등처럼 일일이 예거하기 어려울 만큼 많다.

흔히 태백산맥 이동의 강원도 지역을 통틀어 영동지방이라 부르지만, 양양-속초-고성 일대를 가리켜 그 지역 시인들은 군이 '영북'이라 부른다. 영북은 강릉을 중심으로 하는 영동과는 다소 다른 문화권을 형성했기 때문이 아닐까 싶다. 특히 영북 지역의 지정학적 위치는 분단과 전쟁으로 인해 비극적인 상흔을 깊이 남겨놓았다고도 한다. 그곳은 38선 이북에 속해 있어서, 1945년 해방 직후부터 적어도 1950년 전쟁 발발 때까지는 북한 정권의 통치 아래에 있었다(1954년에 공식적으로 남한의 행정구역으로 편입된다). 그 아픈 상처는, 우리나라 여느 지역들도 마찬가지였지만, 휴전선에 접해 있는 이 지역을 더욱 더 탈이념의 순수 공간으로만 존립케 하였다. 따라서이 지역 문화 역시 탈정치의 순수서정이 주류를 이루었을 것이다. 그러나 상처도 소외감도 세월과 함께 점차 씻겨지고 세상의 변화를 직시하는 눈들이 비판적 감성을 길러냈다. 숨죽이고 침묵하던 순수서정을 비집고 조금씩 현실비판의 목소리가 터져나오게 된 것이다. 그 힘겨운 도정의 맨 앞자리에 이상국 시인이 서 있었다. 그는 실향민의 애환을 깊이 살피고 허물어져가는 농촌 현실의 고통을 정직하게 껴안으려 했다. 그리고 그것은 나아가 단순한 현실 비판을 넘어 자기 고향에 대한 지극한 애정과 긍지로 표출되기에 이른다.

우리 근현대시사에서 지역의 토속정서와 방언을 무기로 성공한 사례는 적지 않다. 평안도의 소월과 백석, 함

경도 경성의 김동환과 이용악, 경상도의 목월, 전라도의
영랑과 미당 등이 그러하다. 방언까지는 아닐지라도, 이
상국은 이제 영북 지역의 정서와 감성을 제대로 키워내
는 터전을 닦았다고 해도 과언이 아니리라. 특히 이전 시
집의 「선림원지에 가서」 같은 시는 그곳의 한 폐사지 순
례를 통해 마침내 하나의 '별'이 되었다. 그 '별'은 불교적
혹은 도가적 성찰에 만나면서 더욱 찬연히 빛나고 있다.
이번 시집에서는 「백담 가는 길」이란 시도 그러하지만,
「가라피의 밤」 같은 시는 「선림원지에 가서」와 맞먹는
빛을 발한다.

　또 어떤 날은 산이 노루새끼처럼 낑낑거리는 바람에
나가보면
　늙은 어둠이 수천 길 제 몸속의 벼랑에서 몸을 던지
거나
　햇어둠이 옻처럼 검은 피칠을 하고 태어나는 걸 보
기도 했는데
　나는 그것들과 냇가에서 서로 몸을 씻어주기도 했다
　(…)
　이곳에서는 어둠을 옷처럼 입고 다녔으므로
　나도 나를 잘 알아볼 수가 없었다

밤마다 어둠이 더운 고기를 삼키듯 나를 삼키면

그 큰 짐승 안에서 캄캄한 무지를 꿈꾸거나

내 속에 차오르는 어둠으로

나는 때로 반딧불이처럼 깜박거리며

가라피를 날아다니고는 했다

—「가라피의 밤」 부분

이 얼마나 호활하고 분방한 상상력인가. 가히 천의무
봉의 경지라 할 만하다. 시적 화자가 어두운 산중에서 어
둠과 혼연일체가 되어 무아지경에 이르고 있는바, 이는
흡사 장자몽(莊子夢)을 방불케 한다. 이런 도가적 상상력
은 때론 "산속에서는 옳고 그름이 없듯/잘나고 못나고
가 없다"(「싸움」)라는 시시비비를 불문하는 지혜로 이어
지기도 하고, 또 때론 "별의별 짓을 다 했는데/그래봤자
그 모든 짓이 법수치에서는/물가의 물버들나무 한그루
가/바람에 흔들리는 거나 진배없었지요"(「법수치」)처럼
불교적 심성으로 이어지기도 한다. 그리고 그 불교적 심
성은 자연회귀와 생명순환의 정신으로 돌아가고자 하는
시적 화자의 소망으로 전화되기도 한다.

그해 가을 한계산성 깊이 들어갔다가

나무 이파리 덮고 누운 토끼의 주검을 보았다
희고 가늘게 육탈된 뼈를
그의 마른 가죽이 죽어라고 껴안고 있었는데
그 검고 겁 많던 눈이 있던 자리에
어린 상수리나무가 집을 짓고 있었다

나무뿌리가 조금씩
조금씩 몸속으로 들어올 때
그는 얼마나 간지러웠을까

내가 아무런 대책도 없이
생의 깊은 곳까지 들어갔다가
누군가에게 나를 내줘야 할 때가 온다면
나도 웃음을 참으며
나무에게 나를 내주고 싶다
벌레들에게 몸을 맡기고 싶다

—「한계산성 가서」전문

이처럼 삶과 죽음의 이분법을 뛰어넘어 삶이 곧 죽임
이고 죽임이 곧 삶이라는 종교적 성찰을 통한 망아의 경
지는 다시 자연의 일부로 돌아가는 물아일체의 경지와

통한다. 이 자연친화적인 생명주의적 사유는 이번 시집의 또하나의 특징이 된다. 그리하여 '별'을 통해 제시했던 우주적 원리의 포용은 생의 긍정을 넘어 마침내 자연과 일체되는 생명주의로 나아간다. 즉 이제 '별'은 '나무'로 이어지고 있는 것이다. 「별 만드는 나무들」이란 시에서 나무가 별을 생성하는 근원임을 말하고 있듯이, 여기서 '나무'는 곧 '세계수(世界樹)' 혹은 '우주목(宇宙木)'에 다름아니다. 종교에서는 나무를 성스러움의 현현(現顯)으로 본다. 하늘을 향해 높이 치솟은 나무의 형상을 통해 나무는 하늘과 땅을 연결하는 통로의 역할을 하는 것으로 간주되어왔는데, 신과 인간의 세계를 이어준다는 점에서 '지혜의 나무'라고도 불렸다. '별'이 신들의 성소라는 의미, 별자리와 농경의 관계를 터득한 농부의 지혜와 연관지어 보면, 시인이 별에서 나무로 심상을 옮겨가고 있는 것이 전혀 낯설지 않다.

「살구꽃」「봄나무」「오래된 사랑」「물푸레나무에게 쓰는 편지」「새벽강에서」「성자」「하늘의 집」「그곳」 등 주로 1부에 실린 시들은 시인의 자연친화적이고 생명주의적 사유의 소산으로서, 대개 나무를 시적 제재로 하고 있는 것들이다. 가령 「살구꽃」에서 "지난 겨울/발 시려운 새들 찾아와/앉았다 간 자리마다/붉은 꽃이 피었습니다"라고 했을 때, 꽃이 생명을 의미하는 것이라면 새는 생명을 불어넣어주는 신의 전령이 아니겠는가. 그리고 「봄나무」에서 "나무는 몸이 아팠다／(…)／그런 마음의 헌데 자리가 아플 때마다／그는 하나씩 이파리를 피웠다"고 하듯이, 가을에는 잎이 지고 혹독한 겨울을 힘겹게 나고 다시 봄이면 새싹을 틔우는, 죽음과 재생의 과정을 무한 반복하는 나무의 생명력을 시인은 말하고 있다. 이 지당하기 짝이 없는 자연의 이치를 아주 단순하게 시로 옮겼을 뿐인 이같은 시적 사유의 이면에는 바로 나무가 어떤 성스럽고 거룩한 존재, 곧 우주의 창조자이자 생명의 근원인 신(神)을 표현하고 있다는 종교적 직관이 자리 잡고 있다(이를 '생명의 나무'라 한다). 따라서 나무를 자르면 대지의 풍요가 다할 것이라는 믿음이 생겨났다. 느티나무를 베어버린 것을, "이파리들의 그늘에 와 쉬어가던 무성한 여름과／동네 새들이 깃들이던 하늘의 집을／그렇게 어디론가 싣고 가버"(「하늘의 집」)린 것이라고 생각하는 시인의 인식도 그와 같은 믿음에 바탕을 둔 것이다. 나무를 '하늘의 집'이라고 한 것이 바로 '세계수'에 대한 시인의 통찰인 셈이다. 또 「성자」란 시에서도 동일한 사유가 작동하고 있다. 고로쇠나무에서 수액을 받아내는 고난의 순간에도 "하늘을 우러르고 있는" 나무를 '우주의 성자'라고 시인은 받아들인다.

시인은 이처럼 앞으로도 여전히 움직임을 멈추지 않고 별에서 나무로 옮아가는 길 위에서 서성거릴 것이란 생각이 든다. 별과 나무 사이를 적어도 당분간은 더 머물 것이다. 그 다음에는 '나무'에 대해, 또 '땅'에 대해 더 많이 쓸 것 같다는 게 필자의 실없는 예감이다.

3

이번 시집을 읽어가다 보면 문득문득 어느 한 선배 시인의 면모를 만나게 된다는 것이 흥미롭다. 독자들도 느꼈을지 모르겠으나, 30년대 향토성 짙은 설화적 공간과 아름다운 우리말이 잘 교직되어 있는 백석(白石)의 아취가 이상국의 시들에서 다분히 묻어나고 있다. 이것이 이번 시집에 나타난 또다른 특징이라면 특징일 터인데, 아니나다를까 시인은 1999년에 제1회 '백석문학상'을 황지우와 공동 수상한 바 있었다. 그 이후 시인이 백석을 자주 의식해서였을까? 그는 당시 수상소감에서 백석과의 만남을 '문학적 육친'이란 지극한 어사로 표현한 바 있었다. 그 육친적 감정의 내용에 대해 시인은 "짙은 향토성과 한국적 전통정서의 연원에 제 일부가 닿아 있기 때문이 아니었나"라고 스스로 조심스럽게 진단하기도 했다.
가령 「입동」 같은 시를 보자. 단번에 백석의 한 내음이
훅 끼쳐온다.

> 근대국을 끓여 먹고
> 마당의 어둠을 내다본다
>
> 근대국은 텁텁하고 또 쓸쓸하다
>
> 그 속에는 한여름 소나기와 자벌레의 고투와
> 밤하늘의 별빛이 들어 있다
>
> 비가 마당을 깨끗하게 쓸고 간 저녁
> 누군가 어둠을 바라보며 근대국을 먹는다는 것은
> 어딘가 깊은 곳을 건너간다는 것이다
>
> ─「입동」 전문

토속적인 음식을 즐겨 시적 제재로 활용한 점도 비슷
하고, 쓸쓸한 정취를 머금고 있는 것도 비슷하다. 뿐만
아니다. 「변명」이나 「산방일기」는 백석의 시 「남신의주
유동 박시봉방」의 한 부분을 닮아 있다. 이를테면 "어느

덧 저녁이 와 어느 후미진 골짜기에 몸을 숨겼던 밤이 산적처럼 느닷없이 달려들어 멀쩡한 집과 나무와 길을 어둠속에 처박는 산골, 외롭다고 풀벌레들이 목쉰 소리를 하면 나는 또 산 너머 세상의 의붓자식 같은 내 인생을 생각하며 밤을 새고는 했다"(「산방일기」)에서처럼, 흡사한 분위기를 자아내기도 한다.

가족 이야기와 회상 시편이 주를 이루고 있는 2부의 시들에서 적어도 시인이 백석을 의식하고 있다는 증거로 삼을 만한 작품이 적잖게 발견된다. 본디 예술이란 것도 모방의 일종, 곧 창조적 모방이라는 것을 인정한다면, 선대 시인의 모범을 쫓는 것이 그리 흠이랄 수는 없다. 문제는 과연 어떻게 그 선대의 성과를 뛰어넘어 자신만의 독특한 세계를 구축할 것인가 하는 점이다. 필자는 시인이 이미 어느정도는 성공했다고 믿는다. 다만 더 욕심을 부린다면, 시인이 '그 드물다는 굳고 정한 갈매나무'를 언제나 생각하길 바란다.

金允泰 | 문학평론가

시인의 말

네번째 시집에서 다섯번째까지 일곱 해가 걸렸다.
그동안 혼자 있는 시간과 술이 늘었다.

시는 재미로 만나거나 어울려 즐겨야 좋은데 그것에다
내 존재와 세계를 다 싣고자 하니 서로 힘들다. 그러나
그 일마저 없었더라면 무엇으로 이 썰렁한 세상을 건넜
을까 생각하면 시에게 미안하기도 하고 또 고맙다.

겨울이 설악처럼 깊다.

2005. 1.
이상국